戦時人形「家族団らんお花見」

戦時人形「終戦の秋・芋掘り」

戦時人形「凧揚げ」
戦時中の子供の遊び

戦時人形「麦刈り」

戦時人形「ふとん仕立て直し」

戦時人形「隣組」

戦時人形「野良仕事へ行く」

戦時人形「たらいで洗濯」

戦時人形「竹馬」
戦時中の子供の遊び

等身大のかかし人形（「旧来住家住宅」展示）

戦時人形作家　村上しま子

こころのままに

想いを言葉にのせて

文芸社

はじめに

八十八歳を迎え、随筆集『米寿記念　生きる喜び』を平成三十年五月に発刊しました。これで最後の締めくくりとして一段落と心に決め、老後をゆっくり穏やかにしてまいりたいとのんびりしていました。

すると、私が信頼する第一の友人で、水墨画の先生でもある方から、「詩集を出してみたらどう？　あなたなら絶対書けるわよ」と勧められました。

これまで考えたことも書こうと思ったこともありませんでした。それがいつの間にか、あれよあれよと思うままに不思議と書けてしまったのです。

あっ、私は書けるんだと自信がつき、寝ていても次々と頭に浮かび、夜中に起きて走り書きしたこともあります。心に浮かんだこと、実際に体験したことが山ほどありました。

書き溜めた詩と随筆をまとめた『こころのままに　想いを言葉にのせて』は、私の心の中の宝物になりました。

九十歳近い年齢になりましたが、冥土のみやげに出版の運びとなりました。

友人の一言がなければ実現していません。この本を多くの方々に読んで頂き、心ほっこり人生の心の糧《かて》にして頂ければ嬉しゅうございます。

目　次

心に浮かぶ風景　詩歌編

笑う

一日一回は笑いましょう
笑うということは
脳細胞が増えるのです
私は一日に何回となく
声を出して笑います
人の心も幸せにします
笑顔はお金で買えません
お金がなくても
明るい家庭から
最高の微笑み

希望

希望を持って生きること
一つでも誰かの役に立てば最高
お互いに助けられたり助けたり
心と心のふれ合い
高齢になるほど人間は
心細くなる
いい友だちを持ちましょう
相手を思いやる心
愛情を持って
生きていきましょう

笑顔の花

笑顔の花ってどんな花
花屋さんの花かしら？
目に見えるすべての花は美しい
でもそれに負けない花がある
それは誰でも持っている
人間の心の美しさ
笑顔に勝る美しい花はありません
私は笑顔の花が大好きです
真の美しさ
いつ見ても微笑ましく
心がほっと温かく吸い込まれる

感　謝

「五体満足」という言葉がある
五体満足に生まれてきて感謝の心を忘れて
常に不満を言う人がいる
罰あたりだよ
五体の中に一つでもないものがあっても
この世に生まれてきたのだから
人間感謝の心を忘れては駄目
私は起きてはまず感謝
夜寝る時も
今日一日ありがとうと
感謝して眠る

紅梅

縁側で端切れを使って
おひなさまを作っていると
我が家の庭の紅梅が
太陽の光をいっぱい浴びて
笑顔いっぱい咲いている
そこへ小鳥が飛んできた
枝から枝へ楽しそう
しばらく眺めていると
蝶々がひらひら飛んできた
空は真っ青　飛行機雲
みんな花咲く春を待っている

じゃが芋

今日は畑にじゃが芋を植えに行く
晴れ渡った青い空
弁当やおやつを持って心うきうき
クワを使って汗水流しひと休み
木陰で寝ころびゆっくり歩む白い雲
それぞれ思いがあるように
少し急いでいる黒い雲
みんなどこへ行くのだろう
南の国かな　それとも北の国？
そばでたんぽぽの花が笑ってた

虹の橋

ふと見上げると向こうの山に
大きな虹がかかっている
どこから来たのだろう不思議な虹
山から山へ虹の橋
この七色の美しい虹
誰かに見せてあげたいのに誰もいない
私が独り占め　もったいない
独り言を言いながら眺めている
するともう一つ虹が現れた
二重橋だ
消えないでもっともっと輝いておくれ
ひとときの幸せをくれた虹の橋

沙羅の花

純白の沙羅の花
命短く
落ちてもなお美しい花びら
水に浮かぶ花びら
どこへ流れていくのでしょう
雨に濡れる紫陽花も
またひときわ美しい
山寺の紫陽花の花

庭の花

『立てばシャクヤク
座れば牡丹
歩く姿は百合の花』
歌の如くどの花も美しい
草花だって負けてはいない
小さなちいさな草花にも
五枚の花びら
めしべおしべも付いている
踏まれても踏まれても
起き上がる強い花

草　花

四枚の花びらでも負けじと
凜と咲く純白の
ドクダミの花
可憐で清楚で
それ故に美しい
「私だって美しいのよ」と
そばで露草の群れ
すべての花たちが
心癒やしてくれている
笑顔がこぼれる土手の花

早春

畑の片すみに梅の木が数本
大きく枝を広げています
度々畑でうぐいすの
鳴き声を聞き
心癒やされています
なんと美しい声なのでしょう
聞き惚れてしまいました
畑ではそら豆
えんどう豆の花盛り
もうすぐ桜の開花
身も心もうきうき

花物語

花を見て怒る人はいないだろう
みんな精いっぱい
光り輝いて咲いている
命短いもの
長く咲いて
楽しませてくれる花
美しい花ほど命短し
日本で一番美しい花
桜の花に勝るものはない
愛しき桜よ
散りゆく花の心寂しき

つくし

つくし誰の子　杉菜の子
やがてつくしは母になる
冬眠してまた春がやって来た
暖かい日差しを浴びて
つくしの坊やが目を覚ます
そこかしこ顔を出し始めた
太陽に向かって背伸びしている
可愛いつくしの坊やたち
いっぱい仲間ができたね

どんぐり

晩秋の風に吹かれて
ぱらぱらと
落ちるどんぐりさん
まぁ可愛いなぁー
帽子をかぶったどんぐりさん
いっぱい拾って
つまようじで手足を付けて
顔を描き
どんぐり坊やの仲間が
たくさんできました
畑のそばに大きなどんぐりの木が
そびえ立っています

山笑う

春の陽気に
誘われて
新緑の山笑う
水仙の花も
チューリップも
笑っている
道行く人も
笑っている
からすやとんびは
踊っている
嬉しそうだ

池の鯉

野山の緑がまぶしく
目にしみ込んでくる
池のほとりの柳が芽吹き
風にユラユラ揺れている
だらりと下がった藤の花
池の鯉も喜んで
泳いでいるようだ
見るもの皆新鮮
生き生きと輝いている

澄んだ心

この世の中は気にしない
心をぱっと変えてゆく
いつも青空すっきりと
澄んだ心でいられたら
それはそれは素晴らしい
夜空のお星さま
まんまるいお月さま
私の心を清らかに
導いてくれている

喜び

人間に限らず
すべての生きもの
精一杯生きている
子孫繁栄させている
人間は尊い命を簡単に
産み捨てたりする
動物たちは愛情たっぷり
育てているではないか
小さなアリだって
せっせと食べ物を運んで
仲間を思いやり　育てている
人間も見習いたいですね
喜びがいっぱい広がるように

目覚め

目が覚めて
見れば嬉しや
今日もまた
この世の中の
人と思えば
手足が動けた
歩ける幸せ
言葉が出る
物が食べられる
この世の幸せ
生きる喜び

笑顔

私は笑顔という言葉が
大好きです
そして笑顔という字も
大好きです
「笑う」という字を
じっと見つめていると
本当に笑っているように
私は見えるのです
字というものは
不思議な意味を
持っているのですね

◆消えない想い◆

若き命

光まばゆき春なれど
道行く人の面を見よ
淡き憂いの身に沁みて
旅の疲れに辿り着く
思えば若き命こそ
我等が尽きぬ誇りなれ

腕を叩いて遥かな空よ
仰ぐ瞳に雲が飛ぶ
遠く祖国を離れ来て
しみじみ知った祖国愛
なぜに散ったか尊い命
無駄にしないよ
神と祀られ

日の丸の旗

『勝ってくるぞと勇ましく…』
歓呼の声に送られて
勇ましく出ていった若者兵士たち
この世の別れになろうとは
誰が想像したであろう
無事で帰れと千人針に込めた思い
神に願いを祈る母
しばしの別れ

せがれの背中の寂しさよ
いつまでもいつまでも
母は待っているよ
お百度参りに願掛けて
子供の頃よく見かけた
村の人々の姿

農繁期

戦時中の田植えの頃は
小学四年生以上は学校が一週間休校となり
託児所に集まって
出征兵士の家庭の赤ちゃんの
子守りをみんなでしました
おむつを替えたりおんぶしたり
大勢でするから楽しかった
監視のおばあさんが二人いました
時々おやつもよばれました
男の人はみんな兵隊に行って
女の人は農作業が大変だったように思います
今の幸せに感謝

ビルマの父戦死

母の背中の幼子と
行ってくるぞと手を振った
遠い異国に送られて
思うは幼子の夢ばかり
大きくなったら母さんを
守れと祈っている
きっときっと帰るから
それまで元気で待っておくれ
遠い遠いビルマの戦場で
元気だった父からの便りが
遺骨代わりの形見となった
遺児八十歳

戦時人形「夫の遺骨迎え」

黄色い足袋

小学四年生の冬の寒い日
私は素足で学校へ
足袋が欲しかったけど
父親に買ってと言えませんでした
すると虫が知らせたのか長兄さんが
出稼ぎの地から送ってくれました
黄色いビロードの足袋でした
嬉しくて涙が出ました

誰も履いていないきれいな足袋
毎日学校へ履いていくと
友だちからうらやましがられました
自慢の兄さんでした
本当は学校の先生になりたかったと
話してくれたこと覚えています
大好きな兄さんでした

やさしい兄さん

お盆正月に出稼ぎから兄さんが帰ってくると
家中が明るくなりました
優等生だった兄さんはいつも帰ってくるたび
勉強を教えてくれました
小学六年生の卒業式の日に父が亡くなり
葬式が終わって兄さんが職場へ帰っていく時
なぜか兄さんの背中が寂しく感じられ
大粒の涙が流れました

兄さん帰らないでと言いたかった
私のことを案じたのでしょう
その年の九月　兄さんは兵隊へ出征
昭和二十年五月　フィリピンで日本のために戦い
命を捧げ戦死したのです
戦争がなければ幸せだったのに
兄さんのことはいつまでも忘れません

異国で散った兄偲ぶ

兄さん会いに来たよ
フィリピンの土踏みし
日本を離れて異国の空よ
赤い夕日に照らされて
夕やけ雲が走りゆく
昨日の雲はどこへ行った
海に浮かぶまぶしき夕日
沈む夕日にヤシの葉揺れて
流れ落ちたる涙のしずく

ああ故郷恋しや里の秋
多くの兵士や兄たちも
夕日を眺めしふるさとの
お父さんお母さん妹よ
さらば無念と散って逝ったことでしょう
いつまでもいつまでも兄さんのことは忘れない

人形たちと再会

もうすぐ娘たちと東京へ
人形たちに会いに行く
みんな元気かな
人形たち喜んで迎えてくれるかな
永久に東京の子になってしまった
でも本当に良かった
私のそばにいるよりどの子も幸せ
いつまでも歴史に残る戦時人形たち
多くの犠牲になった魂が
守ってくれているよ
あなたたちは幸せ者　良かったね

戦時人形「パッチン遊び」

田植え

見渡す限り
青田の風景
電線に肩を並べた
つばめたち
遠い国からやって来た
青田の蛙の合唱に
乱舞するほたるの光
追い求めた幼き頃の
思い出がよみがえる
ひとときの夕べ

山鳥の声

ほろほろと鳴く
山鳥の声聞けば
父かとぞ思う
母かとぞ思う
故郷は遠くにありて
思うもの
夢の中の父母の面影

みつまたの花

今　みつまたの花盛りです
和紙の原木で枝が三つに分かれています
子供の頃　我が家の畑一面に
みつまたの木が植えてありました
花は真ん丸の手毬のような
可愛らしく香り豊かな花びら
黄色い手毬がぎっしりと咲く
木の皮が和紙の原料になります
子供の頃　父さんの手伝いを
いっぱいしました
故郷が懐かしい

もらい風呂

我が故郷《ふるさと》
緑豊かな静かな農村
夕方になると山裾に
煙がたなびいていた
心ほっこり焼き芋の匂いがする
あちこちでお風呂のえんとつの煙
今日ももらい風呂へ薪持参
汗水流しにぎやかな
もらい風呂の人々の輪

田植えも終わってひと休み
心温かい村人の
昔話に花咲かせ
もう帰ろうよ
夜が更ける

母の葬式

今思えば母が亡くなったことも知らず
大勢の人々が集まっているのが嬉しくて
はしゃいでいたのが四歳の時でした
大人になった時
近所のおばさんから聞きました
覚えているのは
村の人たちが大きなお釜でご飯を炊いて
そのおこげのおにぎりをもらって食べたこと

おいしかった
親戚の人たちとお墓へ行く時
お棺の後をついて行ったこと
うっすらと覚えています
お母さんがいなくても泣かない
我慢強い子でした

親孝行「子守り少女」

『ねんねんころりよ　おころりよ』
背中の坊やが目を覚ます
母ちゃん母ちゃんと泣き出した
少女の背中のぬくもりは
母ちゃんの背中と同じだよ
子守り少女のやさしさに
にっこり笑った赤ん坊
もうすぐ母ちゃんに会えるから
お乳をいっぱい飲むんだよ

戦時人形「子守り少女（戦時中）」

お墓参り

子供の頃　お盆の八月十三日早朝
親戚みんなで
お墓参りに行くのが嬉しくて
お母さんがいないのにはしゃいでいた
赤い塗りのこっぽり下駄履いて
おべべ着て
それが嬉しくて
お団子持ってお墓へ
大人たちがおがらに火を点けて
お墓みんなにロウソクと線香に火を点けて
私はお団子を供える役目だった
夜は盆踊り見に行くのが楽しみ
夜店もあったから

戦時人形「お墓参り」

入学式

朝から嬉しくて走り回っていました
近所に住む一級下の男の子が遊びに来ました
「今日から学校へ行くから遊べないよ」と言うと
しぶしぶ帰って行きました
それから私は服を着替えて
赤い毛糸のパンツと腹巻きをして
長袖の着物着て父親に手を引かれ初めて学校へ
坂道を上ると二宮金次郎の銅像が迎えてくれました
その前で一年生全員が記念写真を撮りました
校庭の桜が満開でした

運動会

小学一年生の初めての運動会
旗がひらひら揺れていた
一年生は「かけっこ」と日の丸の旗のおゆうぎ
「白地に赤く　日の丸染めて
ああ美しや　日本の旗は」
旗を持って踊った
終わって教室でお昼弁当を食べていると
六年生の次兄ちゃんが
好きな物買えるよと二銭玉をくれた
嬉しくてうれしくて飛び上がって
私はニッキアメを買いました
お母さんがいない寂しさもあったけど
兄ちゃんはいつもやさしかった

遠足

小学二年生三十五人で初めての遠足
私たち山奥の子は
ふろしき包みの腰弁当にわら草履をはいて
隣村の子は裕福なのか
十人ほどはリュックサック背負って靴をはいて
なぜかうらやましく思った
みんなワイワイにぎやかに四キロ歩いて
松林を抜けると広いひろい海辺に出た
わあーとおどろきの声
初めて見る海だった
浜辺で貝がらをひろったり小ガニを見つけたり
大波小波が寄せてきた
楽しかった……

小学生の頃

山奥の田舎で育った幼い頃
自然の食べ物がいっぱいあった
グミ　ゆすらうめ　野いちご
桑の実　シバ栗　ほおずき
柿　あけび　椎の実　野ぶどう
イタドリ　木いちご　イチジク
友だちと籠いっぱい取って食べて
夕暮れまで遊んで家に帰ると
囲炉裏でさつま芋の焼けた匂いが
ぷぅーんとした
遠い故郷の思い出

ひな祭り

小学三年生の頃
友だちと一緒に
おひなさんを見せてと言って
近所を見て回りました
嬉しくて楽しくて
見に行くとひし餅を焼いてくれました
次の家へ行くとあんこ餅をよばれました
私の家は土人形のおひなさんでした
五体飾ってもらったけど
三体しか覚えていません

小野小町　肉弾三勇士　加藤清正
小野小町はお姫さまでとってもきれいでした
他所《よそ》のおひなさまは全然覚えていません
今思えばおひなさん見るより
おやつをもらえるのが
楽しみだったような気がします

積雪

しんしんと音もなく降り続くぼたん雪
登校するマントの帽子に積もる雪
二宮金次郎さんの銅像の頭も
真っ白で寒そうだ
みんな赤いほっぺしてハァハァと
白い息が立ちのぼり
教室で大きな囲炉裏の火鉢に
みんながあたって手をかざす

すると始業時間の鐘が鳴り出した
お昼は楽しいお弁当だ
お正月のお餅を弁当箱に詰めて
醤油と砂糖のつけあぶり
少し硬くてもおいしかった
窓の外は雪がしんしんと降っていた

歯医者さん

小学三年生の時の歯の検査で
私一人だけ歯医者さんに褒められた
子供でこんな丈夫な歯を見たことないって
みんななすび歯の子が多かった
今思えば貧乏だったけど
お父さんが畑にいっぱい
そら豆や大豆を作ってくれたから
毎日のように学校から帰ると
囲炉裏の鍋で炒って食べていた
カルシウムがいっぱいある
炒り豆のおかげだったと今思う

お寺の和尚さん

小学三年生か四年生の頃
学校から帰ると仲良しのみやちゃんと
四月八日の花祭りにれんげの花を摘んで
和尚さんに渡しに行った
お釈迦さまの屋根にれんげの花を飾り
ご褒美に飴で固めたお菓子や
金平糖をもらったり甘茶もよばれた
やさしい和尚さんは
度々遊びに行くと喜んでくれました
そしてお手伝いもいっぱいしました

小学四年生

小学四年生で初めて
裁縫の勉強がありました
最初は運針のおけいこ
今でも覚えているのは
袋物を習ったこと
持ち手が木ぐちの袋を縫いました
もす*の可愛い柄布で縫って
先生に見てもらうと
上手に縫えていると褒められて
嬉しかった
裁縫は得意だった

＊「もす」とは着物に使う生地の種類の一つ。梳毛糸を平織りにした薄地の織物。

昔むかしの伝説

小学五年生の頃
昔話の好きな先生がおられた
放課後のそうじ当番が終わり
帰る準備をしていると
宿直のその先生が教室へ入ってこられ
昔話をしてくれました
私は昔話を聞くのが大好きで
いっぱい聞いて
今でもいくつか覚えています

月見草

夕霧こめし草山に
ほのかに咲いた黄の花
香りゆかしき思い出の
花よ花よ
その名もゆかしき
月見草
故郷《ふるさと》によなく咲いた
やさしい花
二度と見ることもなく
どこへ消えていったのか
淡い恋の花

れんげの花

田んぼ一面れんげの花盛り
れんげ田で寝転んで
青空見て思う存分
遊んだ子供の頃
遠い故郷《ふるさと》を思い浮かべ
童心に返った
緑の風に誘われて
心地よい昼下がり
思わず寝転んでみたくなった

相撲大会

我が故郷　鳥取の小さな農村で
昭和二十年代まで
毎年八月十五日は盆踊りと
青年団の相撲が有名でした
盆踊りの広場の隣
民家の屋敷内で相撲大会が
開催されていました
あの光景は二度と見られなくなりましたが
故郷の誇りでした

※昭和三十一年に私の故郷の母校である日置小学校で、横綱千代の山と大関栃錦一行を招いて二瀬川力士追善大相撲大会が開催されました。二瀬川は町内出身力士です（昭和二十八年没）。

戦時中

十四歳の時　姉たちは嫁いで一人ぼっちになり
伯母の家でしばらくお世話になりました
大百姓だったのでお米は豊富にありました
実家から伯母の村まで五キロ　一生懸命田畑で働きました
春先　実家の村の奥山はわらびやぜんまいがいっぱい出るのです
村中の人々　他村からもカマスを背負って山は大にぎわいでした
取っても取っても出るのです
当時食料が不自由だったので保存食でした
伯母さんが大きな弁当箱に白いお米のご飯をいっぱい詰めてくれて
姉たちと三人で分け合って食べました
伯母の家は裕福な家庭だったので
助けてもらって感謝しています

手縫いの服

十六歳の時　女子青年会に入りました
初めて花見旅行に行くことになりました
父の着物や母の着物をほどいて
服を縫って着ていきました
母の大島の着物で
ブラウスを縫って着ていったら
みんなから「いいいな　いいいな」と
うらやましがられました

ミシンはなく手縫いだったけど
今思えば別に洋裁学校に行かなくても
自分の努力で身に合わせて縫っていました
子供も私の手作りの服を着て
学校へ着ていきました
お金を使わず質素でしたが
子供たちは満足していました

奉公に行く日

昭和十九年九月　初めて他人の家へ
奉公に行くことになりました
乳飲み子を背負った姉が山越え谷越え
近くの村まで送ってくれました
橋の上で手を振り涙で別れました
でも私はくじけません
健康な身体《からだ》が生きる力
どこへ行っても一生懸命働いて
奉公先でも可愛がられました

当時のおじさんおばさん
この世にいませんが
ご恩は忘れません
今の私があるのは
多くの人々に支えられたおかげです
感謝の言葉しかありません

にわか雨

急に降り出したにわか雨
濡れながら帰っていく一人の女性
そっと差しかけ相合傘
見知らぬ男性のやさしさ
そのまま家まで送り届けた
思わぬ出会いの相合傘
出会いは永遠の宝物
二人は仲むつまじく
結ばれたとさ
めでたし　めでたし

故郷の盆踊り

『来たわいな　来たわいな　逢坂谷から越えて来た
来たこた来たが　声の出んのは生まれつき
合わぬ所はまずごめん　あっシャンシャンシャンと』
この歌に合せて唐傘差して
太鼓の響き
十七から十八の乙女盛り
山越え谷越え他村から
浴衣姿に中折れ帽子
だらりの襷《たすき》に一目惚れ
歌って踊って素敵な男性
今日も明日もその次も
またおいでよと手を振って
朝月頼りに帰っていく

初恋

十七歳の夏　盆踊りで知り合って
淡い恋心を抱いてた彼
二人でどこへ行くわけでもなく
文通だけの交際が始まった
「貴女はやさしく百合の花」と
呼んでくれていた若き青春
一年間文通して十八歳の冬
私は西脇市へ就職が決まり

さようならの便りを出して以来
彼の姿を見ることはなかった
元気でいれば会ってみたいと
ふと故郷を思い浮かべていた
叶わぬ夢と諦めて
そっと胸の奥にしまった

嫁いだ日

みんなやさしく
迎えてくれました
親戚の叔父さんが
よう来てくれたなぁと
言ってくれました
妹弟たちも
姉さんよろしくと
言葉をかけてくれました
家で宴会が始まり
踊り好きのおばさんが
歌って踊って心弾みました
にぎやかな一夜を明かしました

雄鶏と牛

結婚した頃
我が家では
雄鶏と牛二頭
飼っていました
朝からコケコッコー
モーと鳴いてにぎやか
いつの間にか
牛は売られていきました
田植えの頃になると
植え子の人々が
故郷から来てくれていたので
懐かしくて嬉しい気持ちでした

家族

結婚して
大家族ができました
久しぶりに味わった
温かい家族のぬくもり
障子に映る
日差しがまぶしく
お義母さんと呼んで
甘える時が来ました
そう思えるひとときの
喜びを感じた私でした

洗たく

着物姿の
白いエプロンの私
洗たく板でゴシゴシ
家族みんなの洗たく物
竹竿いっぱいに
干す洗たく物
心地よい風に揺れている
お日さまの匂いがした
幸せいっぱい
家族のぬくもり
あの頃が懐かしい

結婚して若い頃

訪問販売にだまされた
花売り　毛布売り
時計に反物　着物まで
今思い出すと世間知らずだったなと
悔しさが残る
自分の用心が足りなかった
断る勇気がなかった
残念としか言い様がない
でも人をだますよりだまされて
少し賢くなりました
今ならさっさと追い返せる
人をだますといつか天罰がくだる

お義母さん

お義母さんと呼ぶ日が
多くなった私
しばらく和裁の仕立てを
させてもらいました
幸せの日が続きました
二年後　長女を出産
その頃から少しずつ
家族の歯車が変わってきました
でも主人だけはいつも変わらず
やさしく守ってくれました

プレゼント

娘二人が小学生の頃
近所にいっぱい友だちがいました
我が家は農家で儲けも少なく
小遣いをやる余裕もなかった
娘が小学一年生と三年生の時
母の日に学校から帰り
「お母さん目をつむって」
と言うから目をつむっていると
何やら私の手に握らせた
目を開けると半紙に包んだ
赤い毛糸で編んだ
カーネーションの花だった
「お母さんありがとう」の

母の日のプレゼントだった
私にとってお金では買えない手作りの
最高のプレゼントだった
心のこもった二人のプレゼントに
涙がこぼれました
我慢することも覚え
やさしい子に育ってくれました
今は自慢の娘たちです

五月の朝

緑の風に誘われて
そっとのぞいた庭の花
あやめの花が咲き乱れ
空高く勢いよく泳ぐ
鯉のぼり
幸せいっぱい夢いっぱい
笑顔がこぼれる五月晴れ
たくましく育ってくれよと
祈る母

ひ孫

ピカピカの小学一年生
ランドセル背負って
まぶしく輝くひ孫の姿
嬉しそうに飛んだり跳ねたり
登校する姿を見送りながら
陰ながら可愛いひ孫の
成長祈っている

深まりゆく秋

やわらかな夕日に染まる
すすきの穂
山の麓の山寺に
たわわに実る柿と
カラスの群れ
初冬の風にパラパラと
椎の実の落ちる音
やさしい和尚さんと
拾い集めた幼き日の
思い出が脳裏に浮かぶ

戦時人形「山の柿の木」

実りの秋

畑一面コスモスの花
やさしい乙女たち
黄金に輝く稲穂に赤とんぼ
あぜ道を真っ赤に染めた彼岸花
素朴な野菊のお花たち
ザックザックと稲刈りの鎌の音
一服のお茶の香りと
焼き芋の匂い
母の顔

満天の星

ふと夜空を見上げると
満天の星
きらきら光る星
あれはお母さん星かな
それともやさしかった主人かな
じっとこちらを見ているようだ
みんな夜空で輝いている
「お父さん」「お母さん」と
呼んでみたかった

記憶の中のお母さん

この世に生まれて一度でいいから
「お母さん」と呼び甘えてみたかった
病気の母しか知らない私
うっすらと記憶の中のお母さんは
やせ細ってしわだらけだった
もっともっと生きたかったろうに
でも私を元気な身体《からだ》に
生んでくれてありがとう
いつまでも忘れません
心の中で合掌しています

実母の形見

母の形見は一枚の写真
着物が二、三枚と帯
そして本家の和紙工場で
働いていた昭和三年の頃の
給料明細書
私のお守りとして
箪笥の引き出しに
眠っています
時々出してみては
懐かしく母を思い出します

母を想う

いくつになっても
母を想い恋しくなる
母は若くして
黄泉の国へと逝ってしまったけれど
本当は小さな私を置いて
逝きたくなかったと思う
もっともっと一緒にいたかったと思う
母を想うといつも心が痛む

戦時人形「お母さん大好き」

◆私の生き様◆

助けてくれた神さま

主人が亡くなって三週間が過ぎた頃
急に悲しみが込み上げた
毎晩親戚の人たちが御詠歌に来てくれているのに
家を飛び出しすぐそばの神社の境内で
思いっきり泣きました
しばらくして神さまが
もう泣くなよ　強く生きるんだよ

悲しい時はまたおいで
と言ってくれた気がして
涙を拭いて夜空を見上げると
お月さまが微笑んでいた
そばでコロコロと美しい声で鳴く
コオロギも慰めてくれました
それ以来泣かないいつもの私に戻った

人権弁論大会

現在二児の母となった孫が中学一年生の時
校内で弁論大会があり
代表に選ばれて発表しました
前日まで知らなかった私
当日こっそり聞きに行きました
いよいよ孫の出番　ドキドキわくわく
「おばあちゃんの人形」という題でした
まさか私の作った人形のことが
校内で選ばれるとは思いませんでした
孫は私の人形をしっかり見ていたのですね
感動したことを発表していました
堂々と発表する姿に思わず目頭が熱くなりました
最優秀賞の賞状を見せてもらい
「よう頑張ったなぁ」と褒めてやりました

鏡の中の私

鏡を見て
あら今日はやけにきれいだわ
思わず自分の顔に惚れこんだ
貴方に恋しているの
もうすぐ会える
女はいつも恋心を抱いていると
輝いて見えるのよ
九十歳近い私の姿

ぽけっとした時間

ぽけっとしている時が
私にとっては貴重な時間なのだ
そんな時ふっとひらめく
短歌や詩
この世のさまざまな
事柄から解放され
自然の懐に
抱かれている気分
次々と詩が　短歌が生まれる
貴重な時間なのである

夢の中

今日は朝からうとうと
眠くてねむくて
いつの間にか夢の中
お花がいっぱい咲いていた
目が覚めたとたん
あらこんな時間だわ
寝ぼけて昼と夜
間違えていた

電話

電話が鳴った
「はい　もしもし」
無言のまま切れる
誰からかしら
少し待ってみよう
するとまた鳴った
勧誘の物売り業者だった
用事ありませんと
すぐ切った
楽しい電話
誰か掛けてこないかしら

あらためて

朝起きてちょっと歩いたら
身体《からだ》が重い　両腕が上がらない
澄みきった秋の空
以前の軽々としたあの身体は
どこへ行ってしまったのでしょう
地獄の苦しみを味わったひととき
身体の重さをふと感じた
きっと神さまが助けてくれるはず
『ゆっくり寝て待とうほととぎす』

夢

七年ぶりに戦死した兄さんの
夢を見た
「お前大きくなったなぁ〜」と
頭をなでてくれた
いつもの若い時の兄さんだった
「私、もうすぐ九十歳よ」と言う
ふわっとどこかへ消えてしまった
もっともっと話したかったのに
最近兄さんのこと
いっぱい詩に書いたから
夢に出てきたのでしょう
夢でも嬉しかった

楽しい朝

朝　目が覚めたら
お日さまが差し込み
畑へ種まきに行こう
嬉しいこと　楽しいこと
きっと来るとまず思う
どんな楽しみだろう
胸がわくわくする
蒔いた種は必ず芽が出る
花が咲き実が生るのだ
太陽の光を浴びた野菜たち
真っ赤に熟れたトマトにかぶりつき
何とも言えない幸せ気分
私の生き甲斐なのだ

ドクダミの花

昔ドクダミは大嫌いでした
抜いても抜いても生えてくる
それがいつの頃からか
お茶にして飲むようになった
我が家で作った番茶と
ドクダミのミックス茶
健康にも良く重宝しています
ドクダミさんごめんね
あなたたちこの世に生まれて
人々に嫌われて育っていたのね
今は大好きになりました
お花だって清楚で美しい
お茶頂きながら感謝しているよ

えんどう豆

すくすく大きくなって花が咲いた
それはそれはやさしく
ピチピチ跳ねているように咲いている
風のそよぎにつるとつるが手を繋ぎ
ふわっと揺れている
紫と白　あずき色の可憐な花
実をつけて咲いている
ありがとう　今年もいっぱい食べられる
蝶々が花の蜜を吸いに来た
虫や小鳥たちも栄養求めているんだなぁ
少しお裾分けしようかな　おいでおいで
初夏の昼下がり

一本の栗の木

歩いて二十分のところに三百坪の畑がある
私の生き甲斐の場所
野山の景色を眺め　働ける幸せ
野菜たちの収穫の喜び
大きな栗の木が私を守ってくれています
栗の木の陰で心地よい風とともに
身体《からだ》を休めひとときのやすらぎ
毎年食べきれないほど
甘くておいしい実の生る大きな栗の木
十数年前*にその畑にアパートを
建てさせてと営業マンが来ました
話し合いで九分九厘決まり
あの栗の木をばっさり切ると言いました

何日か過ぎてある日畑へ行って
栗の木を眺めていると
大粒の涙が溢れました
可哀想な栗の木
すると栗の木が言いました
「どうか私を切らないで助けて」と
私に訴えたのです
そして三日後
アパートを建てることをやめました
命拾いした栗の木　樹霊があります
そう簡単に切るものではありません
私の故郷からもらった栗の木
五十年の歳月
栗の木の愛情がいっぱい詰まっています

＊十数年前とは、平成十八年頃のこと。

300坪の畑と樹齢50年の栗の木。
高くそびえ立つ栗の木廻りは２メートル

ストレスは病気の前触れ

人間ストレスを溜めたら最悪です
平成十四年の一年間は目まぐるしく
いくら身体《からだ》があっても足りないほど
仕事が忙しくストレスが溜まっていました
あちこち人形の展示に行き
平日は和裁仕立てに専念
仕立物を五軒の呉服店から預かっており
ボランティアもあれこれしました
とうとう脳梗塞になってしまいました
生れて初めての入院生活
これで終わりかと思い
三日間涙に暮れていました
右上半身マヒ

仕事いっぱい抱えているから
このまま死ねない
もう一度元気になろうと
明けても暮れてもリハビリに専念して
一生懸命頑張りました
看護師さんや先生方も
私のリハビリの熱意に驚き
一か月で退院することができました
あれ以来後遺症もなく
元気もりもりの身体です
私の身体には将来の夢が
いっぱい詰まっています

私の苦手

私の苦手は片付けです
片付けても翌日は同じこと
それは趣味が多いからだ
趣味の多いのは悪いことではないと思う
何でもできる幸せ　知恵袋
物がだんだん増えていく
増えるということは

部屋がせまく汚く見える
何もなかったらすっきり
部屋がきれいだけど
そんな家庭だったら
とっくにぼけ老人になっている
趣味が多いから友だちも多い
だから元気でいる幸せ

眠っている時の夢

私はなぜか眠っている時
夢をよく見るのです
それをはっきり覚えているから不思議です
夢のお告げが多くあり
夢が叶い実現しました
服のデザインを教えてくれた夢
古布・着物で洋服をいっぱい作りました
戦時人形をもっと作ってと言われた夢

三十年ぶりに出会った人の夢を見たら
二日後にその人から手紙が来ました
故郷から小包が届いた夢を見たら
翌日広島の友だちから牡蠣が届きました
私は眠っていても楽しいの
いっぱい夢を見るから

人間十人十色

いろんな人がいるから世の中面白い
いいことだと思って勧めても聞かない人がいる
後で悔やんでも遅いです
騙されたら駄目よと教えても
平気で騙されて悔やんでいる人もいる
高い品物買って喜んでいる人がいる
高けりゃいいとは限らない
安くても便利ないい物もある
見分け上手になりましょう
足元を見られないようにしっかりしよう

高い品物を勧められたら
トゲが刺さっていると思って
話にのらないほうが賢い
人間上手に生き抜いていくには
まず家族に相談する
高齢者は特に気をつけましょう
残り少ない老後を
楽しく生きていきましょう

自由な暮らし

自由な暮らしは
私にとって最高の暮らしです
この年齢まで生きると
自分の身体《からだ》は自分で守る
家族に迷惑かけないように
暮らすのが一番
遠慮なく眠い時にはいつでも横になる
娘と同居しているからできる幸せ

娘婿だって同じように
老親の私のことを心配して
労ってくれている
だから私はいつでも
心が輝いているのよ
甘え上手　仕事上手
勝手に思っている私

物忘れ

年を重ねるたびに
いろいろなものを忘れていく
何度さがしても見つからない
人の名前も文字も
思い出せない数々
やがて通る道
まだボケではない
そう思うと
この世は楽しくなる
忘れていくのは当たり前
松の木のセミが
ジージー鳴いている

そら豆

大好きなそら豆さん
今年も大きく育って
いっぱいの花を咲かせてくれたね
実をいっぱいぶら下げて
重たそうだ
あなたたちのおかげで
お腹いっぱい食べられて
大勢の人たちも喜んで
食べてもらっているよ
毎年忘れず芽を出してくれて
そら豆さんありがとう
とってもおいしかったよ

死に方上手

樹木希林さんは
癌という病気を持ちながら
平然と立ち向かい
女優業を全うし
最期の言葉を残して逝った
身をもって教えてくれた
死の生き方立派です
人はいつか死ぬのです
最期の言葉を聞いて
誰もが思ったことでしょう

私の思いと同感

樹木希林さんの
死の最期の言葉を聞いて思わず感動
樹木さんの生き方に惚れ込みました
私がいつも思っていたこと
人はいつかは死ぬのです
九十歳まで誰にも迷惑かけずに
生きられたら十分幸せだったと思う私
もし病気で寝たきりになって
苦しむのはつらいことです
このままずーっと楽に逝くのが一番幸せ
何の病気もなく自分のことは自分ででき
百歳以上生きたらそれはそれですごいこと
立派な全うした人生だ

おしゃれ

人間おしゃれ上手になろう
おしゃれな人を見ると
心がパーッと明るくなる
私は八十八歳を過ぎても
明るい服を着て
おしゃれを楽しんでいる
気持ちも若くなる
同じ生きるのならおしゃれして
どこへでも出かけたい
家の中で閉じこもっていないで
おしゃれして
楽しみをいっぱい見つけよう
きっといいことが見つかると思う
今日より若い日はないのだから

神に祈る

昨年*秋頃から身体《からだ》の不調が起き始めた
半年病院通いする
どこの医者も同じことで治らない
どうやら五十肩のようだ
長い人で半年から一年かかると聞き
途方に暮れたが我慢するしかない病気だ
何とか前向きにと行動しているが
夜の苦しみは地獄だった　両肩両腕が疼き眠れない
半年過ぎた頃　あの地獄の苦しみから
痛みがぴたっと止まった
不思議に思うありがたさ
好きなことがいっぱいできるようになった
神さまありがとう

＊昨年とは平成三十年。

令和元年五月一日

令和元年の幕開け
早朝五時に目が覚める
八十八年生きていることに
まず感謝
身も心も新鮮な気分
胸が躍動している
いいことがいっぱい
ありますように
老いの道を
楽しく生きていこう

満　月

夜中にトイレで目が覚めました
窓がパァーと明るくて
外灯消し忘れたのかしらと窓を開けると
まんまるいお月さまの
明かりだったのです
わぁーきれい
思わず声が出ました
澄みきった夜空の満月を見ました
何年ぶりかしら
心ワクワク得した気分
時計を見ると深夜零時過ぎでした
令和元年五月二十日
夜のお月さまでした

蝉しぐれ

我が家の門を出ると
稲荷神社の境内
神社の木々で鳴く
令和元年初めての蝉しぐれ
梅雨明けの猛暑
気温は三十五度近い
七月末の昼下がり
身体《からだ》はくたくた
汗たらたら
目覚めとともに早朝から
にぎやかな蝉しぐれは
夏の風物詩である

百一歳の姉

時々電話をかけてくる
しっかりした声　ボケもしないで
一人暮らしの姉は不用心のため
老人施設に入居している
杖も眼鏡もいらない
耳も遠くない不思議な身体《からだ》
戦時中どん底の生活をしていたのに
あのパワーはどこから来ているのだろう
入居者の中では一番年上で優等生のようである
八十歳の娘が顔を見に行くと
みんなの洗たく物を
一生懸命たたんでいたと聞き
陰ながら拍手を送った

戦時人形「チューリップ」

仲良し三人

三人とも九十歳に近い
寄ればあの世へ逝く話ばかり
どうやって逝くのだろう
ぽっくり逝きたいね
ここまで来たら怖くないよ
きっと老衰で眠るように逝くでしょう
みんな同じ思いでいる
葬式代は用意しておきましょう

ボケたら大変　村上さん頼むわよ
みんな私を頼っている
頼られるということは
心も身体《からだ》もしっかりしている
ということかな
わっはっはー
嬉しいですね

三羽がらす

米寿過ぎた三羽がらす
勝手に「三羽がらす」と呼んでいる
三人寄ればピーチクパーチク
おしゃべり仲間の同級生
同級生と言っても生まれ故郷は皆違う
大阪　鳥取　兵庫生まれ
いつも寄れば話が弾み
時々弁当持参でおやつにコーヒー

お茶をよばれて話に花が咲き
戦時中苦しかったことなど話し
都会の子も田舎の子も時代は同じ
笑い転げて夕暮れになり家路を急ぐ
年老いて話し合える仲良し三人
最高の幸せ

母娘《おやこ》旅行

嬉しくて朝四時に目が覚める
母娘三人で東京見物
新幹線の車窓から見た富士山が目前に
わぁと吸い込まれそうに迫ってきた感動の一瞬
正午過ぎ東京到着
まず昭和館へ行き展示している人形たちと面会
どの子も笑顔で迎えてくれた
その後スカイツリーの展望台へ

東京都が一面に望め夢のよう
夜景も美しかった
翌日は明治神宮へ参拝
楽しい一泊二日の旅だった
何より元気で行けたこと
娘たちと水入らずの旅行ができたこと
最高の幸せだった

米寿の誕生日

空を見上げれば
澄みきった青空
ふわぁーと吸い込まれそうな
陽ざしを浴びて
心が躍った
八十八年生きて
亡き母に
尊い命ありがとうと
感謝を捧げて
先に逝った主人にも
元気で米寿を迎えたよと
報告しました

大事な身体《からだ》

人間は無理に
頑張りすぎないこと
後悔先に立たず
せっかくの大切な身体
元通り元気になることは
大変なこと
体験して思い知った
今日の日
自分の身体は自分で守ろう
八十八歳過ぎた身体

たんぽぽの花

今年もいっぱい咲いてくれたね
太陽の光をいっぱい浴びて
栄養たっぷりの
野草のたんぽぽさん
あなたたちをずっと待っていたのよ
毎年たんぽぽのおひたしのおかげで
お腹も快調　健康でいられる幸せ
来年もきっときっと顔見せてね
待っているよ

頼れる友人

年を重ねていくと
友人が一番大切です
私は友人に頼られたり頼ったり
あちこち食事に誘ってくれたり
楽しい思い出をいっぱい残しています
車を運転できる友人には
寝ても起きても
感謝の言葉しか浮かばない
私には神さまがついている
神さまのような友人たち
あの世へ逝っても忘れません

増える手仕事

米寿を迎えて
ますます元気が出てきた
このパワーどこから来るのだろう
草の根以上にパワーアップ
あれもこれもと欲張りな
手仕事が増えていく
嬉しい悲鳴
でもほどほどに
身体《からだ》と相談して
やっていこう

命

この世に生まれて命ほど大切なものはない
親から頂いた大切な命
老木や動物　鳥　みんな生き物は
命を枯らさないように生きている
私たち人間も命ある限り
枯らさないよう生きたい
でもいつかは枯れる時が来る
その時は　天の神さまにも
そして大切な命をもらった両親にも
「ありがとう」と言って
あちらへ逝きたい

忘れられぬ出来事　随筆編

二匹のへび

昭和五十二年頃のことです。

家の前の田んぼで、黒い大きな固まりを見ました。何だろうとよく見ると縞《しま》へびだったのです。うずを巻いていて、あまりの大きさにびっくりしました。

怖くて気持ち悪くて、どこかへ逃げていけと小石を投げました。

すると、二匹のへびが重なっていたのか離れたのです。

夫婦なのか恋人同士なのかわかりませんが、初めて見たへびの交尾でした。

友だちに話すと、「あんた紋付き羽織をかぶせてやったか」と言うので、「突然だったしそんなこと知らんかった」と言うと、「紋付きかけてやったらいいことあるのよ」と言われました。

がらがらへび

縁側で洗たく物を干していると、門先の庭でへびが一匹こちらを向いていました。

めったに見ることのない黒に赤い柄のへび。孫たちが小さい頃に、よく遊んでいた庭でしたが、ちょうどその日、孫の三人は学校へ行っていました。

このへびは怒ると飛びつくと聞いたことがある怖いへび。何とか逃がそうと悪戦苦闘していると、こちらを向いてやってきます。竹竿であっち行け、あっち行けと追い払うと、なんと大きな口を開けて、カーッと狙ってきました。

その時、カーッというへびの声を初めて聞いたのです。

恐怖の一瞬でした。

それ以来見ることはありませんでした。

心のお母さん

私には心のお母さんが二人おりました。一人は和裁を四年間教えてくれた先生で、もう一人は就職して七年間お世話になった工場の社長の奥さんです。その奥さんが昨夜夢に出てきたのです。

思い出は山ほどあるのに忘れ去るところでした。「ごめんなさい」と言いながら、しばらく涙が溢れて止まりませんでした。きっと書き残してほしいと願って夢に現れたのだと悟りました。原稿はすでに書き終わっていましたが、再び筆を執りました。

私は十八歳の時に故郷を後にして、西脇市の織物工場へ就職して一生懸命働きました。奥さんはお母さんのような存在でした。「あんたは工場内の模範者や」とよく褒められました。嫁入りする時もいろいろ準備を手伝って頂きました。

そして、奥さんのちりめんの着物を数枚、箪笥の中に入れて下さいました。お祝いに社長夫妻から総桐箪笥を頂きました。立派なその箪笥は重宝しています。親代わりとして門出の時も立派な出立ちもして頂きました。心のお母さんの思いがいっぱい詰まっています。

百人近い従業員が工場で働いていましたが、私はとても良くしてもらいました。仕事以外の時に奥さんの息子さんたち（小さい男の子二人）の子守りをしたり遊びに連れて行ったりして、奥さんよりも私に懐いていました。その子たちが今、七十歳代。遠い昔の思い出です。

私が結婚する時、二人の心のお母さんがいろいろと応援支援してくれたから、無事に結婚できて、今の私があるのだと思います。長女出産の時も喜んでお祝いに駆けつけてくれました。

一週間後、お乳があまり出なくなったことを心配して、二人の心のお母さんが「ミルク買いよ」と私の懐にそっと小遣い銭を入れてくれました。「困った時はいつでもおいで」と言って慰めてくれました。

心のお母さんは二人とも二十年ほど前に天国へ逝きました。

ご恩はずっと忘れません。心のお母さん、ありがとう。

令和元年　九月十五日

和紙のちぎり絵

私の故郷は因州和紙の里です。昭和四十五年頃、染め和紙をみやげに頂き、その美しさに魅了されて、独学で花の絵や風景画のちぎり絵に取り組み始めました。どんどんアイデアが浮かび、作って座敷いっぱい飾りました。

ある日、地元の婦人会や他村の老人会から教えてほしいと頼まれ、三年間指導させて頂きました。それが評判となり、町の区長さまからあるお願いをされました。近いうちに西脇市長高瀬信二さまがアメリカのレントン市へ視察に行かれるので、日本からのみやげとして私のちぎり絵を持参したいので譲ってほしいということでした。

突然で私はびっくりしました。当時誰もちぎり絵をしていない時代だったので珍しかったのでしょう。選んでもらったのが六号額の牡丹の絵でした。こんな私の絵でも良ければと差し上げました。

私の絵が海を越え外国のみやげになろうとは夢のようでした。何でも一生懸命やれば幸運が開けることをつくづく感じました。

日の丸弁当

私が小学生の頃、梅干し弁当を「日の丸弁当」と呼んでいました。弁当箱に白いご飯を入れて、真ん中に梅干しを入れていたから、日の丸の旗に見えてそう呼んでいたのでしょう。

子供の頃の弁当と言えば梅干しか削り節でした。裕福な子はいろいろ違うおかずの子もいましたが、梅干し弁当は貧乏人の子と思い込んでいました。

小学三年生の頃のある日、担任の先生がお休みされて、代わりに校長先生がその日だけ受け持って下さいました。お昼時間も校長先生と一緒に教室で食べました。

私の机が前のほうだったので、梅干し弁当が恥ずかしくて隠すようにして食べました。すると、先生がみんなに言いました。「梅干し弁当の子は手を挙げて」

半分以上の子が梅干し弁当でした。

「校長先生も梅干し弁当だよ。梅干しは身体《からだ》にいいから腹痛も治るよ」

と言われました。校長先生の一言で、お昼弁当が楽しく食べられるようになりました。

三代目和尚さんの夢

私が知る三代目の和尚さん。

故郷、鳥取県の実家の村のお寺は永平寺派の「禅宗」です。その和尚さんの夢を見ました。これまた忘れかけていたご恩を書かせて頂きます。

その方は高野山寺で修行された立派な和尚さんです。亡き主人がまだ元気だった時、私と一緒に帰郷するたびに「お寺に寄って帰って」と声をかけて下さいました。そこは現在五十二戸ほどの集落ですが、この三代目の和尚さんはすごく働き者で、耕運機などいろいろと道具を買って、作り手がいなくなった田畑を借りて米や野菜を作っておられました。法事や葬式のない時は農家の仕事の手伝いに行かれて、村人から「こんな和尚さんは見たことない」と言われて大歓迎されていました。

三十数年間和尚を務められ、七十歳を機に辞められました。村人からは惜しまれながら寺を後にして出ていかれました。

お寺と私の実家が近くだったので、帰郷するたびに「遊びにおいで」と誘われて、度々お邪魔して講話を聴いたりと、いつも良くして下さいました。

その和尚さんとの出逢いは平成六年、戦死した兄の五十回忌の法事でお世話になった時でした。法事が終わり、食事の後で世間話をされている時に私は急に目頭が熱くなり、涙が流れ落ちました。脳裏に戦死した兄の姿が浮かんだのです。きっと忘れないでくれよと私に訴えたのだと悟りました。そして和尚さんに相談しました。「戦時中の様子を表した人形を作りたいのだけれど、人形を置く台を探さなければ……」と私が言うと、「私に任せて」とおっしゃいました。

後日、お寺へおいでと言われて主人と行きました。

大きな材木が横たわっているではありませんか。それはケヤキでした。

和尚さんが必要な長さに切って、それらを大きな箱に入れて自宅まで送り届けて下さいました。最初に作った十二体の人形の台は和尚さんの手作りです。

和尚さん、ご支援ご協力頂き、本当にありがとうございました。

私が作った戦時人形たちは東京の国立博物館「昭和館」で活躍していますよ。

父に化けたタヌキ（実話）

私が小学三年生だったある日のこと。学校から帰り、父のいる畑に行き、細長い段々畑のくぼみにむしろを敷いて遊んでいるうち、いつのまにか寝てしまったのです。畑の上は奥深い山々。目が覚めるとあたりは暗やみの夜になっていました。父は、私が畑に来ていたことを知らず帰ってしまったのです。

さあ大変。でも畑の向こうに父の姿がうっすらと浮かび上がって見えるではありませんか。

「お父さーん」

と大きな声で呼んでみると、はち巻をした父の「おーい」という返事がありました。その途端、遠くに見えた父が近くにやってきて、でもその姿は父ではなく、まんまるい目玉がうるんだタヌキの顔だったのです。

その時、「あの山の畑には夜になるとタヌキが出る」と聞いたことを思い出し、泣きながら素足で一目散に逃げました。

途中、向こうに明かりが……。それは、心配した兄が懐中電灯をつけて探しに来てくれていたのです。ほっとひと安心して家に着きました。

父は囲炉裏で焼き芋を作って待っていました。

あのタヌキは父親にそっくりだったのです。

恐怖の一瞬でした。

昔からタヌキは人に化けると聞きますが、化け上手のタヌキと私の物語でした。

キツネの嫁入り（実話）

私が十六歳、青年団に入った年のことです。

当時では珍しく、母校で忠臣蔵の映画があると聞き、男女十数人の青年団が見に行くことになりました。学校までは三キロの道のりです。夕方七時頃から若者たちはわいわいにぎやかにはしゃぎながら向かいました。

映画は夜十時頃に終わり、またにぎやかに歩いて帰ります。弾む若者たちの声、声、声。

村外れまで帰ってくると、皆急に静かになってきました。山裾で十数個の提灯のような明かりがチカチカと光っているではありませんか。

まるで提灯行列のよう。初めて見る光景に皆息をのみます。

「あれはキツネの灯りだ」

と一人の青年が言いました。遠くに見えるけど近くまで来ているというのです。

「誰かおしっこをかけたれ」

とその青年が言いましたが、化かされたら大変。みんな無言で一目散に走り出しました。

家に着くや外便所の戸がキーと音を立てました。私は背中がぞくっとして無我夢中で家の中へ飛びこみました。

恐怖の一瞬でした。

昔の嫁入り

昔の嫁入りはほとんど夜でした。

子供の頃よく見た光景があります。提灯をつけて歩いて山を越えて、やっと婚家に辿り着くのです。

子供たちは嫁さんのみやげが待ち遠しかったものです。おせんべいをもらって皆帰っていきます。

嫁さんが来て一段落すると親族の顔合わせ。宴会が始まり、みんな家で盛り上がっていました。

ほろ酔いが覚める頃には真夜中でした。お客がぼつぼつ帰っていきます。

昔は大きい重箱にお祝い品を入れておよばれしていました。

一人のお客がまだ少し酔いが残っていましたが、重箱におよばれしたごちそうを入れて帰る途中、眠くてねむくて山の中でひと休みすることに。

すっかり眠ってしまい目が覚めて、あっ寝すぎたと思い、重箱のお料理やみやげ物を棒で背中に担いで、なんだか軽いなーと思いつつ我が家に辿り着きました。

ところが家の者と重箱のふたを開けてびっくり仰天。料理をみんなキツネに食べられていたのです。代わりにキツネの「どろ団子」が入っていたそうです。

客はがっかり。キツネのほうが賢かったのですね。

昔はよくあったそうです。酔った帰りに「こっち来い、こっち来い」と、夢うつつになり連れて行かれるそうです。それはキツネの仕業。そして眠らせて料理を食べてしまうそうです。

戦後の昭和二十一年頃からはお昼の結婚式になりました。

それまではよく聞いた話です。

法事のおよばれの時も、同じようにキツネやタヌキに騙されて重箱の料理が空っぽになっていたそうです。昔の人間は騙されやすかったのかなぁ。

道に迷った旅人

昔むかしのある日、旅人が山越え谷越え用事をすませて帰る途中、歩いても歩いても山ばかりで道に迷ってしまい、日が暮れて困っていたところ、遠くにかすかに灯りが見えました。

喜んだ旅人は灯りを目指してやっと辿り着いた一軒家で、

「こんばんは、道に迷って帰れません。どうか一晩泊めて下さい」

と頼むと、じいさんばあさんが出てきました。

「どうぞお上がり。ゆっくり泊まっていって下さい」

その言葉に甘えて旅人は大喜び。

そして奥の部屋で休んでいると、じいさんばあさんが何やらひそひそ話をしているのです。

旅人は気になり耳を澄まして聞いていると、今夜のお客さんは何にしようかと相談しているところでした。

ばあさんが「半ごろしにしよう」と言うと、じいさんも賛成し、「久しぶりのお客だからそれがいい」と言って二人は準備にかかり始めたのです。
するとは旅人は「大変だぁ、半殺しにされる。何とか早くここを出なくては殺される」と思い込み、部屋に小さな格子窓を見つけてそこから抜け出して逃げ帰ったそうです。

「半ごろし」とは

ところによっては、ぼた餅のことを「半ごろし」と言うそうな。半ごろしとは、ご飯を半分つぶすからその名がついたらしい。じいさんばあさんはせっかくのもてなしができずにがっかりしたそうです。

うば捨て山

昔むかし七十歳になるとこの世の役に立たない邪魔者とされ、うば捨て山に捨てられていたそうです。ある日の晩、「きれいなお月さまを見に行こう」と息子がお母さんを背負って山へ登っていくのです。

背中のお母さんはポキンポキンと木の枝を折るのです。

山のてっぺんに着き、お母さんは内心わかっていましたが、息子は母を置いて帰りました。途中暗くなり、お母さんがポキンと折った枝を頼りに道に迷わず家に帰ることができたのです。

そして夜が明け、なんと悪いことをしたのだろうと息子はお母さんのやさしさに気づき、山へ戻りお母さんを背負って家に帰ってきたのです。

家族の者に内緒で、家の床下にむしろを敷いてお母さんを寝かせていたのです。時々ご飯を運んでいました。

そんなある日、偉いお殿さまがなぞかけを出されました。誰一人なぞかけを解くことができませんでした。

ところが、息子が床下のお母さんに相談したところ、見事に解いたのです。

お殿さまに報告すると、

「これは見事じゃ　あっぱれあっぱれ」

とお褒め頂きました。

お母さんはお殿さまからたくさんのご褒美をもらって、この家族は金持ちとなり、それ以来「年寄りを大事にせよ」とおふれが回り、うば捨て山はなくなったそうです。

殿さまが出した「なぞかけと答え」

長い竹の筒に針ほどの穴が開いている。その穴に長い糸を通してくれ

答え：竹の穴の出口に砂糖を置き、アリの体に糸を結びつけ、竹の中へ入れて入り口をふさぐ。するとと針ほどの穴からアリが出てきたとのこと。

戦争体験乗り越えて

夜汽車に揺られて織物の町、西脇を初めて訪れました。昭和二十四年秋でした。案内されて工場見学、工員となったのです。当時は紙のより糸で縞《しま》を織っていました。やがて西脇は全盛期を迎え、西脇市が誕生しました。

ガッチャン、ガッチャンと織《はた》の音、煙突の白い煙、竿いっぱいの色とりどりのかせの糸。同じ釜の飯を食べた多くの仲間たちは、時代とともに去っていきました。あの織の音はどこへ消えてしまったのでしょう。ひっそりとした街角、無性に寂しさを感じます。

私もこの地に嫁いで四十三年。永い人生の中で今が一番幸せを感じます。

それは、どんな苦しみも助け合い支えてくれた夫がいたからです。平成六年から作り続けた戦時人形は多くの人々に感動して頂けました。そして、戦後五十年という節目に阪神・淡路大震災が起きました。私の心を動かしたのは人形たちです。強いボランティア精神が生まれました。

間もなく二十世紀も終わりです。私にとって温かい大きな人の輪、心の輪が広がりました。

（平成十一年十二月二十一日神戸新聞投稿文）

戦時人形「最後の面会」

古希の同窓会

二十数人が集まって開催しました。私は手作り人形をおみやげに持参しました。心弾んで故郷へ。でも、待っても待っても先生は現れず、とうとう欠席の電話が鳴りました。前日に高い熱が出て下がらず断念されました。

私たちは一泊して楽しい一夜を明かしました。そして帰宅の日、幹事さん二人が先生宅へお見舞いに行くと言うので、私の人形を託《ことづ》けました。

夕方に電話が鳴り、受話器を取ると、「村上先生ですか」と言われました。先生と呼ばれるはずもないのに「えェー」と思わず驚き、「どなたさまでしょうか」と尋ねると、「鳥取の日置小学校で教員をしていた長谷川です」と。びっくりしました。小学六年生の時の担任の先生からだったのです。成績があまり良くない生徒だったのに「先生」だなんて言われて、恥ずかしく感じました。

子供の頃、親はなく貧乏だったけれど、社会人になってから何でもできる子になっていたからでしょう。

今思えば努力家で少しは才能があったのかなあーと。誰の指示を受けたわけでもなく、何事も独学で成し遂げた精神。あの悲惨な歴史に残る太平洋戦争の悲劇を風化させないために、日本で唯一、戦時人形を作ってきたことが、私にとって少し背伸びしたようで、長谷川先生から「村上先生」と呼ばれたことに少し納得した感じがしました。

そして、戦時人形を立派な東京の国立博物館「昭和館」に寄贈できたことを、長谷川先生が生きておられたらどんなに喜んで下さったことでしょう。

先生、ありがとう。

戦時人形「18才の出征少年」

築百年住宅

西脇市の中心部に「旧来住家住宅」という有形文化財があります。

平成三十年が築百年にあたり、一年間いろいろと催しがありました。

特に十月は盛大に築百年祭が開催されました。

私も協力して等身大のかかし人形を七体作って、広い庭に飾って、来場者の皆さまに楽しんでもらいました。

写真（下）に写っているかかし人形の中に本物の人間が二人います。さて私はどちらでしょう。

７体の等身大かかし人形

「役に立つ」を喜びに

畑に行くと大根や白菜が大きく育っていて作業が楽しくなりました。昨年はなぜか結球しない白菜が多かったので、今年は巻いてくれますようにと祈っています。

数え年八十八歳の私は元気で畑仕事、趣味の手芸など好きなことができる幸せを表そうと米寿記念に随筆集を発刊しました。毎日が幸せで感謝の日々なのです。

今年主人の七回忌法要をすませ墓前に報告しました。二人の娘夫婦、孫六人、ひ孫五人が食事会でお祝いをしてくれました。喜びいっぱいで涙が溢れました。

喜びのお返しに一泊旅行を計画し実現の日も決まって、にぎやかに集う日を楽しみに生きています。

健康で生きる幸せ、今日を感謝で暮らす長い人生です。何か一つでも誰かの役に立つことを心がけて歩んでいます。私の生きる喜びです。


（平成三十年十月十一日神戸新聞投稿文）

敬老の日

今年の敬老の日に、鳥取に住む百歳の姉の祝賀会にぜひ来てほしいと電話があり、参加しました。姉妹は姉と私の二人になり、後は子供、孫、ひ孫、やしゃごの計二十五人が集まって楽しい食事会を開きました。

振り返れば、戦中戦後の食糧難時代に五人の子供を育て、無我夢中で働き、病気知らずだった姉。私が子供の頃は母親代わりのやさしい姉でした。愚痴も言わず耐え抜いた強じんな精神。こんな日を迎えるとは思いませんでした。あっぱれ姉さんです。

会も終わり、別れを惜しみながら、それぞれ帰路に。私は実家の墓参りに行き、両親の墓前で手を合わせ「姉さんが百歳まで生きたよ。とっても元気だよ」と報告しました。両親はあの世でびっくりしたことでしょう。母は四十歳、父は五十二歳で亡くなりましたが、「お父さん、お母さん、元気な身体《からだ》に産んでくれてありがとう」とお礼を言いました。

合掌

（平成三十年十月十三日神戸新聞投稿文）

頑張りすぎた一年を反省

「借金で首が回らない」という言葉をよく聞いたものですが、借金をしていないのに昨夏の終わり頃から首が痛く回りにくくなりました。思い当たることもなくしばらく様子を見ても痛みは増すばかりでした。

不安と心配が募りぼつぼつこの世とお別れか、と変なことも考えましたが、入院を覚悟で準備して病院であちこち検査してもらいました。

レントゲンを見て先生が悪いところはどこもありません、と笑いながら言われて、良かったと安堵《あんど》しました。思わず笑みと涙がこぼれました。

今年は行事が重なり畑仕事と趣味に没頭してこの年齢で頑張りすぎたなあと反省ばかりです。疲れが一気に出て神さま、仏さまがこれ以上無理するな、身体《からだ》をいたわれと忠告してくれたのだと気づきました。今年も終わりに近づきゆっくり身体を休めて新年を迎えたいと思います。

（平成三十年十二月二十六日神戸新聞投稿文）

医者通いしながら畑仕事

米寿を過ぎると急に足腰が弱り、医者通いが多くなりました。

先日病院で知らない人から「あなたのファンです。神戸新聞の発言欄を楽しみにしているのにしばらく名前を見ないので病気かしらと心配していました」と声をかけられました。あちこちから同じような電話もあり、多くのファンの方がおられることが嬉しくて感謝しています。元気でおります。ご安心下さい。

三日に一度は畑に行っています。今は、えんどう豆とそら豆の収穫時期で、毎日ご飯やおかずを炊いて食べています。ご先祖さまも大好物だったのでお供えしています。お友だちにも食べてもらっています。

夏野菜の苗もいっぱい植えました。ケチャップを作りたくてトマトも五十本植えました。毎年私の仕事です。

今日は仲良し四人組が集まります。我が家で炊いた豆ご飯を食べながら、昔話に花を咲かせます。楽しいですよ。

（令和元年六月二十一日神戸新聞投稿文）

みやげ作りが生き甲斐に

アメリカのレントン市と兵庫県西脇市が姉妹都市提携し、西脇市の中学生とレントン市の中学生使節団で交流を深めています。

西脇市の旧来住家住宅が、平成十四年に国の登録有形文化財となり、のちにレントン市の中学生と西脇市の中学生が親善使節団を派遣し合っています。

毎年レントン市使節団歓迎のため、旧来住家住宅で歓迎祭が開催されます。

私も毎年参加させて頂き十年が過ぎました。

先生と生徒に私の手作りのみやげを渡し大変喜んでもらっています。

平成三十年は旧来住家住宅が築百年を迎えて盛大に開催されました。

私も協力して等身大のかかし十二体を作って、多くの来場の方に楽しんで見てもらいました。今年も手作りみやげが二十人分出来上がりました。私の生き甲斐となっています。

日本へ、旧来住家住宅へいらっしゃいませ。


（令和元年九月二十八日神戸新聞投稿文）

私の願い

主人が平成二十四年十月にこの世を去りました。

その時思ったのです。主人が常々話していたことです。

病院へ知人の見舞いに行くと、両手をベッドの柵に縛られて酸素マスクをしていました。もし自分が重い病気になった時、「こんなのしてほしくない」と言っていました。

元気だったそんな主人が、突然高熱で病院へ。肺炎で三日ほどの命と言われ、医者に託すしかありませんでした。

三日間だけ会話ができましたが、あとは酸素マスクでの呼吸で目は閉じ、会話ができませんでした。

入院して一週間、話すことができない主人は片手をベッドに縛られ、その後両手も縛られました。そして、入院してから二週間後に主人は亡くなりました。酸素マスクで苦しかったのだと思います。

もう駄目だという時、医者に呼ばれて主人のベッドに行くと、両手の紐が外されていました。それを見た私は大ショックでした。

主人の手首から指先まで真っ青のあざだらけでした。鼻の上もマスクの形で血が赤く、滲んで残っていました。

八十五歳の高齢で、治る望みがなかったら、酸素マスクをしないで楽に逝ってほしかった。可哀想な主人。苦しかったことでしょう。悔いが残ります。

もし私が病気になったら、九十歳近くまで生きたのだから、悔いはありません。酸素マスクをしないで自然に逝きたいです。

令和元年　八月十三日

つるし柿の思い出

故郷の姪っ子が西条柿をたくさん送ってくれました。早速皮をむき、縄で縁側につるしています。日増しにやわらかくなり、太陽の光を浴びて、北風に揺れるつるし柿は暖簾のようで、子どもの頃に味わったことを思い出し、故郷が懐かしくてしばらく縁側で眺めていました。

実家にも十数本の柿の木があり、父が元気な頃、つるし柿をいっぱい作ってくれました。正月近くになると家の中へ。竹竿につっていました。時々つるし柿を父が手のひらでもみもみしているのを見て、不思議に思いながらも理由を聞くことなく過ぎてしまいましたが、この年になって初めて気がつきました。

先日、縁側で腰掛けて何げなくつるし柿をもみもみしたのです。父を思い出して、それを食べてみて、やっとわかりました。種が実から離れて食べやすくなっていたのでした。昔の人の知恵はえらかった。

八十数年前がよみがえった笑い話です。

（令和元年十二月二十日神戸新聞投稿文）

主人との会話

主人が亡くなる前にひと言交わした言葉があります。

「お前、わしのところへよう来てくれたなぁ。感謝しとるで」

とつぶやきました。

「お父さん、今頃何言うとるん」と笑い返しました。

「はじめはこんな苦労しとる娘とは知らんかった」と。

人間は苦労したほど値打ちがあると、高く評価してくれました。

振り返れば奉公に出され、『若い時の苦労は買ってでもせよ』ということわざ通り、いい体験をさせてもらったと感謝しています。

主人とその会話をして二週間後、肺炎で亡くなるとは夢にも思いませんでした。

辛抱強い人でした。

いつも助けてくれてありがとう。

いつの日かあなたのそばへ行くからね。

阪神・淡路大震災

「何でも他人を思いやる心、笑顔で接して救いの手を差しのべる心――」

阪神・淡路大震災の時、私の全身に霊感が宿ったのです。

戦時人形たちが早く助けてあげてと言ってくれた気がしました。不思議な力を持った人形たちです。

震災の前、神戸で一週間人形展をして、一月十六日の夕方に人形たちが私のところへ帰ってきました。そして十七日の朝、地震が起きたのです。命拾いをした人形たちでした。

三日後から私は被災者の方々のためにおにぎりを握り続けました。

そして一年後、神戸と姫路の仮設に幾度となく足を運び食事を届けました。手っ取り早いのはすぐに食べられるおにぎりやぼた餅でした。赤飯やおにぎりを涙を流して喜んで下さった光景が今でも目に浮かびます。

主人の軽トラックで野菜や新米を届けたこと。

そして被災者の人たちを我が家に呼んで支援したこと。

数えきれない思い出がいっぱい残りました。

蒔かぬ種は生えぬ

令和元年八月の猛暑の日中は気温三十七度。生れて初めての暑さを感じた日でした。背中が焼けつくような暑さ。飛んで家の中に入り、クーラーの効いた部屋の中で身体《からだ》を冷やそうと横になったら、昭和初期時代の昔の生活が懐かしく浮かびました。子供の頃は、うちわの風と自然の風で皆元気だったのです。当時は熱中症なんて聞いたことがありませんでした。

今は便利な世の中になったものです。反面、病気や事故、犯罪が後を絶ちません。何でもいつでも手に入るほど経済は豊かで、みんな感謝の心を忘れているようです。本当に他人を思いやるやさしい心があったら犯罪なんて起きないはず。豊かさ故に一部の人間が狂っているとしか考えられません。

私は幼い頃に両親を亡くし、裕福ではなかったけれど、この年まで生きて、今つくづく自分の生き方に誇りを持っています。

子供の頃から他人を思いやる心を人一倍育まれた気がします。自分が食べたい物でも人にあげたくなり、損得を考えない性格です。食べ物以外の物でも差し上げたくなります。相手が喜んで下さればそれで満足です。

「蒔かぬ種は生えぬ」ということわざがありますが、振り返れば私はいっぱい種を蒔いたのです。その種から芽が出て、花を咲かせ、実を結び、今幸せの頂点にいます。

天の神さまが守ってくれたのだと信じています。

中には蒔かなかった種もあるでしょう。それは芽が出るはずがありません。

でも我慢して耐えて、顔で笑って苦しみは心の奥に隠し生きてきました。

みんな手と手を繋ぎ、仲良く、犯罪のない世の中になってほしいですね。

欲張りはしないほうがいい。持って死ねるものではありません。

欲張りをして詐欺に遭い大金を持っていかれないように、変な客は相手にしないのが一番。貧乏でもいい、元気な身体が財産なのです。

私は心の財産を貯めています。お金で買えない財産。

いざという時、他人を思いやる助け船です。

戦争の悲劇

令和元年も終戦記念日を迎えました。

昭和の時代が遠くなりにけり――

しかし、忘れてはいけないのは太平洋戦争があったことです。

八月が来ると悲しみがこみ上げてきました。

『きけわだつみのこえ』が出版され、ベストセラーになりました。

私はお盆が来ると、戦死した兄や従兄弟が出征する姿がまるで、昨日のことのように鮮明に脳裏によみがえってきます。

元気で戦ってきますと言った笑顔と凜々しい姿。せめて供養にと口ずさむ歌があります。

「海行かば　水漬く屍で……」

あとは涙で歌えなくなり、むせびながら鼻水がたらたら落ちてきます。

思えば昭和十六年、海軍に志願した水兵服の一人の男性が小学校の講堂に現れました。服装が凜々しくて格好良くて、背が高くて美男子でした。三年生以上が講堂に集まっていた時、颯爽と壇上にあがり、戦地へ旅立つ最後の別れの挨拶をしたのでした。わぁーとどよめきが起きました。海兵隊は、子供ながらに皆憧れの的でした。兵隊と言えば陸軍の兵士しか見たことがなかったので、珍しかったのです。

後で父に聞いたら私の「いとこ」だったのです。

昭和十九年十月、スリガオ海峡で戦死しました。

戦死した「いとこ」は海軍の総長を務めていたので、葬式は参列者がとても多く、立派に見送られていたのを覚えています。

学校の先生も参列されていました。伯父さんは陸軍と海軍の二人の息子が戦死してがっくり肩を落とし、昭和二十年秋に亡くなりました。

みんな戦争の犠牲者です。日本は取り返しのつかないことをしたものです。

残された私たちがしっかり供養し、冥福を祈らねばなりません。

合掌

【解　説】

フィリピンで戦死した兄、病弱で作者が幼い頃に他界した母と二人の心の母、優しかった今は亡き夫への深い想いとともに、感謝・思いやり・笑顔を軸に生きることの大切さ、身の回りにある命への温かな眼差し等を、素直な言葉で紡ぎ上げた詩集・随筆集『こころのままに　想いを言葉にのせて』を興味深く拝読した。冗漫を排し、切り詰めた詩語で思いの丈を歌うことで、言葉の有する始源の力が引き出され、揺るぎない力強さを持つ、大地にしっかりと足のついた詩が誕生している。戦後七十余年経過し、〝戦争〟の二文字が現代人の記憶から消えつつある今、作品を通して、戦時中の生活や、夫や息子を戦地に送り出す女性の気持ち、遺された者の痛切さなどが浮き彫りにされていることは意義深く、広く世に問いかけたい作品である。

詩歌編をひもといて、まず目に飛び込んでくるのは、平明な言葉でリズム感豊かに紡がれた短詩群である。例えば、「希望」では、「一つでも誰かの役に立てば最高」であり、相互扶助の思いを大切に、愛情深く相手を思いやる気持ちで生きる尊さが歌われており、冒頭二行の体言止めが、詩に強さと余韻を与えている。また、「笑顔の花」では、どんなに美しい花にも勝るのが「人間の心の美しさ」であり、「真の美しさ」を持つ「笑顔に勝る美しい花」はないと明言される。そして「感謝」は、五体満足に生まれてきたことに対する感謝を忘れていることは恥ずべきことであり、朝起きては「まず感謝」「夜寝る時も今日一日ありがとうと感謝して眠る」作者の習慣が披露される。当然の中にある有り難さに気づき感謝することを生の基盤とすることで、作者の優しさと強さが生まれていることが理解できる詩群である。

しかし、ここで間違ってはならないのが、感謝・思いやり・笑顔という言葉たちが何の苦労もない綺麗事で歌われたのではなく、人一倍の苦労と悲しさを体験し、それを乗り越えた真の強さに裏打ちされた言葉だということだ。作者は幼くして両親を、そして戦争で兄を失くし、十八歳になると故郷を離れ西脇市の織物工場に就職。そこで模範職員となり、その後幸せな結婚をするものの、長女が生まれてから家族の歯車が狂い始め、愛する夫は他界、そして、二人の心の母も昇天する……。この人生で一つのキーワードとなるのが〝戦争〟。お国のためにと万歳三唱して送り出された夫や息子、女たちは千人針で無事を願い、神仏に祈りお百度を踏む。このような情景は子供の頃の作者にとって当たり前の風景であったことを歌った「日の丸の旗」、兄が戦死したフィリピンの地を踏み、異国の地で散った兄や他の兵士たちの切ない心に寄り添った「異国で散った兄偲ぶ」、「言ってくるぞ」と手を振って出征した父のビルマからの手紙が遺骨替わりの形見となった事実を綴った「ビルマの父戦死」等、どれも作者の目を通した戦争の真実である。そして、作者と同じ境遇に陥ったり、同様の思いを抱えて生きた子供たちが、たった七十数年前の日本には数多存在したという戦争の災禍を我々は忘れてはならないはずだ。平成の時代、戦争はなく日本の平和は守られたものの、世界各地で戦争やテロは絶えることがなく、また今の国際情勢を鑑みた場合、日本も戦争の危機にさらされる可能性は決して低くない。その意味において、静かに強く戦争の災禍を歌ったこれらの詩群は、後世に残していきたい作品である。

次に随筆編に目を向けてみよう。まず、「心のお母さん」は、作者が心の母と慕う二人の女性――和裁の教師と勤務先（工場主）の奥さん――への感謝を綴った一編だ。七年世話になった工場主の奥さんは模範社員として作者を可愛がり、嫁ぐ時には総桐箪笥を買ってくれ、そこに着物を数枚入れて嫁入り仕度を整えてくれる。また、二人ともに出産を祝ってくれ、乳の出が悪いと小遣いをそっと握らせてくれたという。他人であるにもかかわらず我が子のように可愛がってくれた心の母、勿論この二人は人格優れた人物であることに間違いはないが、小さな頃から苦労して育った作者が感謝の心を持っていたからこそ、二人の母に愛されたことは充分に想像に足る。また「蒔かぬ種は生えぬ」では、便利な世の中になったものの、病気や事故、犯罪が後を絶たず、感謝や思いやりを忘れている現代の歪みが指摘される。子供の頃から人一倍思いやりが強く、食べたいものでも人に与え、損得を考えず、相手が喜んでくれれば満足という生き方をしてきたことに作者は誇りを持っている。そして自分は幸せの種をいっぱい蒔いて生きてきたからこそ、今はその種が花を咲かせ実を結び、幸せの頂点にあると自信をもって語るのだ。お金では買うことのできない心の財産こそが一番大切なものと言い切ることのできる作者、心底そう断言できる人は世の中にどれほどいるだろうか。たくさんの苦労はしたものの、常に自分と同様に他者を愛し、信じて生きてきた人間の強さが素直に表現された随筆は胸を打つ。

作者は人形作家としても活動しておられ、その人形はかつての庶民の暮らしと戦争を写し取った素朴な布人形だ。童謡や唱歌が聞こえてきそうな人形を作りたいという思いは、やがて兄の五十回忌を境に、戦争の愚かさを静かに訴えるモチーフへと変化してゆく。召集令状が来て、最後の面会に母は握り飯をたくさん作り、兵士を見送ったこと、灯火管制や竹やりの練習、防火訓練、兄の遺骨を抱えた少女……等々、たくさんの人形たちを通して、戦争当時の人々の暮らしと思いが再現されている。詩や随筆同様、作者の生活、そして作者の目を鏡に時代を映し出した人形たちと言えるだろう。

出版企画部　青山 泰之

おわりに

この本を最後まで読んで下さった皆さま、本当にありがとうございました。

この長い年月、八十九年生きてきて、嬉しいこと、悲しいこと、苦しかったことなどいろんなドラマがありました。

持って生まれた明るい性格と、健康な身体《からだ》が生きる力となって、どんな嵐にも負けない精神で成し遂げてきました。農家の嫁として一生懸命働いてきましたこの原稿を書きながら、何度も涙でむせびました。よくぞここまで生きてきたんだなあと、自分という人間を褒めてやりたいと思いました。

この生き様は、決して無駄ではなかった。今となっては、あの涙は幸せの最高の涙です。

私は多くの人々に愛の手を差し伸べて生きてきました。そして、多くの人々に愛され守られてきました。

今は娘夫婦に守られて、孫、ひ孫もいっぱいできて私は幸せです。

どんなことがあろうと、苦労の後にはきっと喜びがあります。

皆さま、前向きに明るく楽しく感謝の心を忘れず、ご先祖さまにも感謝して生きて下さい。


出版に関わって下さった皆さまへ。

最後になりましたが、文芸社の皆さまには、原稿応募から出版・販売に至るまで大変ご苦労されたことと思います。すべてに感謝し、私にとりましてこんなに喜びでいっぱいのことはありません。

原稿を読んで下さった皆さまに私の思いが伝わり、絶賛して頂いたことが嬉しくて思わず涙がこぼれました。本当に心からお礼を申し上げます。

令和二年三月

村上しま子

著者プロフィール

村上　しま子（むらかみ　しまこ）

昭和６年３月19日、鳥取県で生まれる
昭和24年、西脇市の織物工場に就職
昭和31年12月、村上家へ嫁ぐ
平成６年８月、戦時人形制作を始め、戦死した兄の思いを語り継ぐために展示会を続ける（23年間）
平成29年、戦時人形を東京都の国立博物館「昭和館」へ寄贈

著者近影

著　書
人形写真集『しま子の想ひ　第一集』（平成13年）
人形写真集『しま子の想ひ　第二集』（平成16年）
人形写真集『しま子の想ひ　第三集』（平成27年）
神戸新聞投稿文と随筆集『金婚記念　人生の足あと』（平成18年）
神戸新聞投稿文と随筆集『米寿記念　生きる喜び』（平成30年）
（以上、すべて私家版）

口絵及び本文写真の人形はすべて著者が制作したものです。

こころのままに　想いを言葉にのせて

2020年５月15日　初版第１刷発行

著　者　村上 しま子
発行者　瓜谷 綱延
発行所　株式会社文芸社
〒160-0022　東京都新宿区新宿１－10－１
電話　03-5369-3060（代表）
03-5369-2299（販売）

印刷所　株式会社フクイン

ISBN978-4-286-21657-7